la courte échelle

MW01122810

Les éditions de la courte échelle inc.

Anne Legault

Anne Legault est née à Lachine en 1958. Lorsqu'elle était enfant, elle jouait souvent avec des marionnettes, car elle aimait déjà inventer des personnages et les animer. En grandissant, Anne Legault est devenue une lectrice vorace et elle s'est mise à aimer le théâtre. Elle a donc étudié au Conservatoire d'art dramatique de Montréal. Puis, elle a été comédienne avant d'écrire du théâtre. Sa pièce *La visite des sauvages* a même reçu le Prix du Gouverneur général.

Aujourd'hui, Anne Legault commence à écrire des romans. Pour les adultes, elle a publié *Détail de la mort* dans la collection Roman 16/96 de la courte échelle. Elle a décidé d'écrire aussi pour les jeunes. À huit ans, Anne Legault avait déjà imaginé l'histoire d'Étamine Léger pour ses deux petites soeurs. C'était même le tout premier personnage qu'elle inventait. *Une fille pas comme les autres* est le premier roman jeunesse qu'Anne Legault publie à la courte échelle.

Leanne Franson

Leanne Franson est née à Regina en Saskatchewan. Elle a étudié à l'université Concordia, à Montréal, en arts plastiques. Elle illustre des manuels scolaires ainsi que des livres jeunesse. Depuis toujours, elle lit et elle dessine, en particulier la nuit. Car Leanne Franson est une couche-tard. Le jour, elle se balade avec son chien et va à la bibliothèque pour y faire des recherches. Elle circule à vélo par souci d'écologie. Elle fait aussi de la bande dessinée et a un diplôme en massage de relaxation. De plus, elle adore le fromage grillé. *Une fille pas comme les autres* est le premier roman qu'elle illustre à la courte échelle.

Anne Legault

UNE FILLE PAS COMME LES AUTRES

Illustrations
de Leanne Franson

la courte échelle
Les éditions de la courte échelle inc.

Les éditions de la courte échelle inc.
5243, boul. Saint-Laurent
Montréal (Québec) H2T 1S4

Conception graphique:
Derome design inc.

Révision des textes:
Lise Duquette

Dépôt légal, 3e trimestre 1997
Bibliothèque nationale du Québec

Copyright © 1997 Les éditions de la courte échelle inc.

La courte échelle est inscrite au programme de subvention globale du
Conseil des Arts du Canada et bénéficie de l'appui de la SODEC.

Données de catalogage avant publication (Canada)

Legault, Anne

   Une fille pas comme les autres

   (Roman Jeunesse; RJ 68)

   ISBN 2-89021-299-8

   I. Franson, Leanne. II. Titre. III. Collection.

PS8573.E457F54   1997   jC843'.54   C97-940232-8
PS9573.E457F54   1997
PZ23.L43Fi 1997

À Michelle,
à Josée

Chapitre I
Une nouvelle
pas ordinaire...

Étamine Léger est arrivée dans ma classe un mois après tout le monde, au début d'octobre. Ce matin-là, notre professeur, Colette Bélisle, finissait de nous remettre une dictée et elle disait:

— Il y aura un gros effort à faire pour certains d'entre vous...

Bref, une journée ordinaire, jusqu'à ce qu'on frappe trois petits coups à la porte de la classe. Derrière la vitre, nous avons vu M. Renaud, le directeur. Colette a eu l'air de se demander, comme nous, ce qu'il faisait là, car il restait à la porte au lieu d'entrer, un peu embêté. Arnaud Levasseur a murmuré à sa façon, pour que tout le monde l'entende:

— Pas déjà du chocolat à vendre! On n'a même pas choisi notre excursion de l'année.

Le professeur a fait «Tut, tut!» et elle est allée ouvrir. Le directeur n'a pas bougé de l'embrasure de la porte. Il s'est raclé la gorge, et j'ai cru que l'un de nous avait cassé une vitre ou fait du grabuge dans l'autobus, ou fumé en cachette. Personne ne bougeait dans la classe. Nous attendions, les secondes s'étiraient dans le silence, et M. Renaud a fini par annoncer:

— Il y aura désormais une élève de plus dans votre classe. Elle est arrivée ce matin en provenance de...

Et il s'est encore raclé la gorge, comme s'il avait eu un chat coincé derrière la luette, un gros chat. On a entendu une petite voix derrière lui:

— Je viens de Valleyfield.

Le directeur cachait la nouvelle derrière son dos, on ne la voyait pas. Il y en a qui ont pouffé. C'était étrange, et personne ne soufflait mot. La maîtresse fixait le directeur avec de grands yeux. Elle attendait, comme nous. Le directeur s'est avancé dans la classe avec la nouvelle et s'est tourné vers elle:

— Tu peux leur dire ton nom, ma petite fille.

La nouvelle regardait la classe en se taisant, et la maîtresse la regardait en se taisant, et nous la regardions aussi en nous taisant.

10

Elle n'était pas ordinaire, cette fille. Elle portait un grand manteau de cuirette jaune qui lui battait les mollets et dont les manches étaient retroussées aux poignets. Un manteau trop grand pour elle, un manteau acheté pour quelqu'un d'autre et qui avait fini sur son dos par hasard. Elle avait les cheveux coupés en bol, collés sur la tête et gras, gras, gras.

Mais les cheveux, ce n'était pas le pire. La pauvre fille, elle avait les yeux croches. Un oeil, plus exactement, le gauche, complètement croche, coincé près du nez comme si elle avait voulu surveiller ses narines sans arrêt.

— Eh bien! a fait notre professeur. Comment t'appelles-tu?

La nouvelle a regardé le mur du fond de la classe, le directeur regardait ses souliers, on aurait entendu une mouche voler.

— Je m'appelle Étamine Léger, a-t-elle répondu, très calme.

On aurait juré qu'elle savait à quoi s'attendre. Nous avons tous éclaté de rire. Le directeur a jeté un coup d'oeil à Colette Bélisle, l'air de penser: «Je n'y peux rien.» Et il a chiffonné le nez. Colette a dit:

— S'il vous plaît! Du calme.

Mais on s'est mis à rire encore plus, parce que c'était trop drôle ce nom, pour cette drôle de fille. La nouvelle a croisé les bras, pas mal à l'aise, pas gênée, sérieuse. Elle attendait que ça passe, et Arnaud Levasseur a lancé, du fond de la classe:

— Et ta mine, Étamine?

Ce ne devait pas être la première fois qu'elle l'entendait, celle-là. Elle a répliqué tout de suite:

— J'aime mieux avoir la mine que j'ai que d'avoir de la mine de crayon entre les deux oreilles, comme toi!

Tout le monde s'est tu, parce que c'est vrai qu'Arnaud Levasseur n'a pas grand-chose entre les deux oreilles. Elle l'avait vu tout de suite, même avec ses yeux croches.

Le directeur en a profité pour nous souhaiter une bonne journée et nous demander de bien accueillir notre nouvelle camarade.

— Vous pouvez tous vous imaginer combien il est difficile d'arriver dans une nouvelle école. Vous êtes la cinquième année la plus raisonnable. Traitez Étamine Léger comme vous aimeriez être traités si vous étiez un nouveau, une nouvelle. Et au revoir.

M. Renaud, il dit tout le temps ça: un nouveau, une nouvelle, un élève, une élève, une enseignante, un enseignant. On l'a surnommé Ding Dong, parce qu'il fait toujours deux sons de cloche.

Notre Ding Dong m'a semblé assez content de partir. Étamine restait debout, dans son manteau, avec ses cheveux couleur de spaghetti à l'huile. Mme Bélisle l'a placée au fond de la classe, avec les plus grands.

Étamine n'avait pas de sac d'école, pas de sac à dos, rien qu'un grand sac de plastique presque vide, avec juste deux ou trois crayons. Elle n'avait même pas de casier, elle avait gardé son manteau. On ne pouvait pas être plus nouvelle que ça.

— Tu peux accrocher ton manteau sur la patère, Étamine, lui a dit notre professeur, très gentiment.

— J'aimerais mieux le garder, madame. J'ai un peu froid.

— Non, ma chère, non. Ici, ce n'est pas permis de garder son manteau en classe. Tu dois l'accrocher.

Et elle a chiffonné le nez, comme le directeur. Il faut croire qu'Étamine Léger attire les nez chiffonnés. Moi, j'étais assise

à côté d'elle. J'ai bien vu qu'elle voulait le garder, son manteau. Mais Colette Bélisle, c'est un vrai professeur, personne ne lui désobéit en classe.

Étamine a enlevé son manteau. Elle a dû se rendre à la patère, à l'autre bout de la classe, et en revenir. Tout le monde la suivait des yeux. Nous n'avions même plus envie de rire.

— Citronnette! a soupiré notre reine des élégances, Rosalinde Dupuis-Morissette. Elle est habillée comme sur la photo des anciens dans l'auditorium!

Étamine Léger portait une jupe à bretelles bleu marine en tissu synthétique 100 % fil électrique, avec une blouse blanche à manches longues et des bas bleus qui boudinaient sur ses chevilles. Elle portait un vieil uniforme scolaire, comme du temps de nos parents.

D'où ils venaient, ses parents? De la lune? Habiller un enfant de cette façon-là, ce n'est pas humain. En tout cas, ce n'est pas pédagogique! Moi, ma mère m'habillerait comme ça, je tomberais malade!

Pourtant, j'aime bien les photos des anciens dans l'auditorium. Ma préférée, c'est celle de 1969-1970, parce qu'au deuxième rang, à gauche, se trouve ma maman et qu'au dernier rang, au centre, se trouve mon papa. Mes parents sont allés à l'école ensemble, et c'est aussi mon école à moi.

Je regarde souvent mon père, il a exactement ma figure. Ça me fait tout drôle, car je ne l'ai jamais connu. Il est mort dans un accident de voiture quand j'étais petite, je ne m'en souviens plus. Mais j'aime bien sa photo d'élève, quand il avait douze ans.

— Laurence Pinault, m'a dit la maîtresse, tu es encore dans la lune! Épelle-moi le mot «distraction».

Chapitre II
De moins en moins ordinaire

À la récréation, je jouais une partie de pogs avec Jonathan Doucet. J'étais en train de lui prendre deux pogs quand la reine des élégances, Rosalinde Première, est venue avec sa bande d'admirateurs s'installer à l'ombre du grand chêne. Juste à côté de notre rond de pogs!

Le jeu de pogs demande de la concentration, mais il n'y a qu'un seul grand arbre dans la cour de récréation et Rosalinde préfère l'ombre. Il paraît que le soleil est mauvais pour la peau, sa mère l'a lu dans une revue! Je ne vous mens pas, elle est comme ça.

— Pour ses yeux, on ne peut pas la critiquer, c'est une infirmité. Mais la jupe, franchement! Et les bas! De nos jours, il y a des uniformes très élégants. Moi, ma meilleure amie doit porter un uniforme à l'école, et c'est absolument ravissant...

Et patati! et patata! Jonathan n'a pas

attendu plus longtemps:

— Les commères sont priées de baisser le volume. Il y a du jeu sérieux, ici.

J'aime beaucoup Jonathan Doucet. Il ne triche jamais. Et il joue aux pogs avec moi, même s'il est en sixième année. L'an prochain, il sera à la polyvalente. Il paraît qu'une fois rendus à la poly, les garçons ne nous reconnaissent plus et qu'ils ne s'intéressent qu'aux filles du secondaire. Mais je ne veux pas penser à ça pendant que je joue aux pogs.

— C'est parce qu'elle a les yeux trop ronds, trop grands et trop bleus, a dit la grande Thao Do Phuong. Quand on a des petits yeux noirs en amande, ils restent en face des trous, ils n'ont pas le choix.

— Non, non, ça ne veut rien dire, la forme ou la couleur, a contredit la petite Le Xuan Thai. Moi, j'ai un cousin, son oeil droit est en amour avec son oeil gauche.

— C'est parce qu'elle a fait les yeux croches dans un coup de vent, a déclaré Frédéric Bélair. Ma soeur m'a juré que c'est comme ça que ça arrive: un coup de vent et ça bloque.

Un coup de vent et j'ai perdu mon plus beau pog! À cause de ces grandes langues qui passent leur temps à critiquer tout le monde. Jonathan m'a regardée, pas sûr de lui, et l'a ramassé:

— Tant pis, la prochaine fois, tu le regagneras.

Je ne voulais pas me mettre à pleurer devant lui, je ne suis pas un bébé! Mais la moutarde me montait au nez! J'ai perdu mon plus beau pog parce que la reine des élégances avait envie de dire du mal d'une pauvre fille qui n'était pas là pour se défendre.

— Ouste, les commères! Allez plus loin, leur ai-je crié. Parlez donc de vos propres guenilles, pour une fois, au lieu de vous en prendre à une nouvelle que vous ne connaissez même pas! Voulez-vous savoir? Vous êtes jalouses! Jalouses de son courage. Si vous aviez son allure, vous n'oseriez pas entrer à l'école ni vous promener pendant la récréation.

— Eh bien, ma chère, a fait remarquer Rosalinde-la-dinde, tu verras que ta courageuse nouvelle n'est pas dans la cour de récréation.

— Elle doit se cacher quelque part, a renchéri Thao.

J'ai jeté un regard circulaire dans toute

la cour: Étamine n'était nulle part.

— Peut-être qu'elle est à la bibliothèque, a dit Jonathan. En tout cas, elle ne vient pas nous déranger quand on joue aux pogs. Vous êtes nuls, la bande des élégants!

Et il est parti. Je ne devais pas avoir l'air très aimable, car la reine et sa suite ont décollé en même temps. Je me suis retrouvée toute seule.

Lorsqu'on ne veut pas que les larmes coulent, il y a un truc: lever la tête et les yeux très haut, ça empêche l'eau de déborder. C'est à ce moment-là que j'ai vu dépasser du feuillage du grand chêne deux souliers noirs tout usés et des bas bleus boudinés. C'est là qu'elle était, Étamine-la-fouine! À nous regarder depuis le début!

Il faut être habile pour grimper dans un arbre si haut, mais pourquoi se cachait-elle, hein? Je ne lui ai rien dit. Je ne suis pas sûre qu'elle s'est rendu compte que je l'avais vue. Je suis partie. La cloche allait bientôt sonner.

Vraiment, quelle drôle de fille! En plus de porter des vêtements affreux, d'avoir les cheveux sales et les yeux croches, elle avait des trous dans ses semelles. De gros trous par où on voyait la couleur de ses bas! Ça, c'était trop. Même pour moi.

Et tout à coup, je me suis sentie aussi dinde que la reine des élégances. Sa Majesté Laurence, la reine des pogs!

***

Le croiriez-vous? Elle est remontée dans son arbre à midi, en catimini, sans que personne la voie, sauf moi. Je fais partie de ceux qui vont manger à la maison le midi, car je demeure en face de l'école. Je n'ai que la rue à traverser.

L'épicerie Pinault, c'est chez moi. Le magasin est à l'avant de la maison. Ma mère, mes deux soeurs et moi, nous vivons dans l'appartement qui est à l'arrière et au-dessus. Dans la cour, ma mère a semé du gazon et des fleurs. Mais à l'avant, le parterre est un stationnement tout en asphalte.

Au premier étage, il y a la fenêtre de ma chambre. J'y mets le nez tous les matins dès que je me réveille. Quand la cour de l'école est pleine d'enfants, je suis en retard. Si elle est vide, je peux prendre mon temps.

Tous les élèves de l'école s'imaginent qu'une épicerie, ce sont des bonbons à volonté, et un jeu géant de magasin, et du cola tous les jours avec le goûter. D'abord, ce n'est pas un jeu, et puis ma mère est très sévère sur les bonbons.

C'est pourquoi elle m'a demandé ce que je voulais faire d'un petit gâteau à la crème. J'ai répondu que ce serait mon gâteau de la semaine. Mais elle n'a pas pu négocier avec moi, comme elle dit, parce que trois clients sont entrés en même temps.

Je suis allée tout de suite dans la cour de

récré, qui était encore presque vide. J'allais laisser le petit gâteau au pied de l'arbre quand j'ai trouvé des croûtes de sandwichs, un coeur de pomme et deux boîtes de jus toutes cabossées. Elle avait un lunch! Pourquoi ne voulait-elle pas le manger avec les autres?

J'ai commencé à manger le gâteau et j'ai crié au branchage:

— Tu en veux une bouchée?

Un des souliers d'Étamine est sorti des feuilles et j'ai entendu:

— Fous-moi la paix, Laurence Pinault! On ne m'achète pas avec un gâteau.

Timbrée, cette fille! Je ne me suis pas gênée:

— Pour vouloir t'acheter, il faudrait être aveugle!

— Va donc courir après ton beau Jonathan, Miss Braillarde!

— Je ne braillais pas!

— Oui, tu braillais! Oui, tu braillais!

Dire que j'ai mangé mon gâteau de la semaine un mardi midi en vitesse à cause de cette grande chenille à poils! Un doigt de dame à la crème que j'aurais pu savourer à petites bouchées devant la télévision pour faire durer le plaisir.

Quand la cloche a sonné, nous nous sommes mis en rangs. Tout le monde se poussait du coude et se retournait pour dévisager Étamine. Elle ne baissait pas la tête, elle ne faisait rien. Elle attendait qu'ils arrêtent. Moi, je ne lui ai pas accordé un regard. C'était facile, j'étais derrière elle.

Le mardi après-midi, nous avons mathématiques. Pendant que nous sortions nos livres, Colette a appelé Étamine à son bureau.

— Le directeur m'a dit qu'il n'avait pas ton bulletin de quatrième année. Où est-il?

— Je n'en ai pas, madame. L'année dernière, j'ai changé d'école six fois.

Colette a chiffonné le nez, vraiment beaucoup.

— Mais que font tes parents?

— Je n'ai pas de parents.

Elle s'est aperçue à ce moment-là que tout le monde écoutait.

— J'espère qu'on t'a mise dans la bonne classe, alors. Si tu retardes les autres, tu retourneras en quatrième.

— Bien, madame.

Étamine n'a même pas bronché, comme si elle connaissait tout ça sur le bout des doigts. Forcément, une fille qui change six fois d'école en une année, elle en a vu passer des professeurs!

Et la leçon a commencé.

Nous en étions à additionner les nombres à virgule depuis deux semaines, et ça n'allait pas très fort. Colette reprenait ses explications:

— La virgule sépare les nombres entiers des fractions de nombres...

Mais je trouvais ça épouvantablement compliqué. Pourquoi se donner tout ce mal quand les calculatrices existent? La maîtresse mettait des chiffres au tableau:

— 304,2 + 86,3 + 59,8?

— 450,3! a fait une voix à l'arrière de la classe.

La maîtresse a calculé très vite, au tableau. La réponse était bonne!

— 13,7 + 277,1 + 452,5?

— 743,3! a fait la voix.

La maîtresse a calculé. C'était toujours bon.

— 64,6 + 469 + 80,7? a-t-elle demandé à Étamine Léger.

Étamine a répondu tout de suite, sans papier, ni crayon, ni calculatrice, les deux mains sur le bureau:

— 614,3!

Colette Bélisle a beaucoup, beaucoup chiffonné le nez.

— Finalement, est-ce que je reste en cinquième, madame? a dit Étamine, avec un grand sourire.

Si elle n'avait pas eu son oeil croche, elle aurait été presque belle!

Chapitre III
Étamine
fait de la frime

En revenant de l'école, j'aurais bien voulu raconter à ma mère que, dans ma classe, il y avait une drôle de nouvelle, géniale en maths, avec un oeil croche et des cheveux sales, habillée comme sur la photo des anciens élèves. Mais quand je reviens de l'école, je garde le magasin.

Oui, je garde le magasin, toute seule. Je reste au comptoir pendant que ma mère prépare le souper dans la cuisine. Si c'est un achat compliqué – de la bière, par exemple –, j'appelle maman. Si c'est plus simple, je fais la transaction moi-même. J'ai appris à rendre la monnaie, avec la caisse électronique qui indique tout, y compris l'argent à remettre.

Vers la fin de l'après-midi, il ne vient presque personne, c'est l'heure creuse. Je commence mes devoirs, assise derrière le comptoir.

La clochette de la porte a tinté, signe

qu'un client entrait. Comme il y a un miroir en face de la porte, j'ai bien vu qu'il s'agissait d'Étamine Léger. Je n'ai pas levé la tête, comme si je n'avais pas entendu. En faisant semblant de rien, elle s'est assise sur la pile de caisses, près de l'entrée. Je ne la regardais pas. Pourtant, elle gigotait pas mal.

— C'est chez toi, ici?

— Oui.

— Chanceuse!

Et voilà! Pas plus originale que les autres. Avant qu'elle continue, je lui ai lancé:

— Je n'aime pas le cola, ma mère est sévère sur les bonbons et c'est du travail, pas un jeu!

Mais Étamine Léger n'était pas comme les autres:

— Eh bien, tu es chanceuse d'avoir du travail. C'est ce que je voulais dire.

Ma mère est arrivée, elle m'avait entendue de la cuisine. Quand elle a vu Étamine, elle est restée étonnée, comme moi le matin même. Étamine avait une tête particulière, surtout lorsqu'on la voyait pour la première fois.

— Que veux-tu, ma petite fille?

— J'ai manqué l'autobus, madame.

Quelle menteuse! Elle était allée s'enfermer dans les toilettes, je l'avais vue, tout le monde l'avait vue. Elle ne voulait pas prendre l'autobus.

— Tu aimerais que j'appelle tes parents? C'est ça?

Elle paraissait moins faraude, Étamine Léger.

— Je ne me rappelle pas leur numéro.

— Tu ne te rappelles pas le numéro de tes parents?

Et ma mère a chiffonné le nez. Comme le directeur! Comme la maîtresse!

— C'est ma famille d'accueil. Je les connais depuis deux jours seulement.

— Ils s'appellent comment?

— Gagnon.

— C'est tout ce que tu sais?

Étamine a rougi. Ses yeux bleus paraissaient encore plus croches. Tout à coup, elle a eu une idée:

— Appelez ma socieuse. Elle, elle sait où j'habite.

— Ta quoi? avons-nous dit toutes les deux ensemble, maman et moi.

— Ma travailleuse sociale, au CLSC. Madame Trudel. C'est elle qui a mon dossier.

Elle a fait un grand sourire, comme si tous ses problèmes étaient résolus.

Ma mère a joint le CLSC. Elle a parlé à deux ou trois personnes et elle a fini par obtenir le numéro de la famille d'accueil d'Étamine, à qui elle a tout de suite téléphoné. Mais M. Gagnon était au travail et ne reviendrait que vers dix-huit heures. J'ai entendu maman:

— Ce n'est rien. Venez la chercher à l'épicerie Pinault. Elle soupera avec nous.

Bon! La grande Étamine Léger trouvait tout naturel de se faire inviter. Elle a souri encore plus et a ouvert son sac de plastique. Elle avait reçu ses cahiers d'exercices et ses livres. Elle a étalé tout ça sur les caisses de canettes, au beau milieu du magasin. Pas gênée!

Ma mère est revenue.

— C'est arrangé. Monsieur Gagnon passera te chercher vers dix-neuf heures. Tu n'offres pas une collation à ton amie, Laurence?

Mon amie! Elle l'a appelée mon amie! En dépit des apparences, ma mère non plus n'a pas les yeux en face des trous.

Il s'est mis à pleuvoir. Les clients se sont faits plus rares. J'essayais de terminer les exercices de maths et je ne voulais pas demander l'aide d'Étamine. Elle, elle avait ouvert son cahier d'exercices de français et elle mâchouillait son crayon, l'air bien embêté.

Nous devions faire une rédaction sur l'automne, car Colette Bélisle ne se casse pas la tête avec les sujets de rédaction. Elle dit que c'est l'écriture qui compte, pas le sujet, et que le jour où elle aura lu un million de rédactions sur l'automne, elle se changera en citrouille, mais pas avant!

— Laurence, tu es bonne en français, toi, a dit Étamine, d'une toute petite voix. Tu épelles bien les mots compliqués.

Je me débrouille bien en français, surtout en rédaction. Ce sont les chiffres qui passent moins bien. Pendant le cours de maths, j'entends un cadenas dans ma tête: tout est fermé.

— Tu veux bien regarder mon brouillon?

Elle m'a tendu sa feuille: elle écrivait sur du papier vert fluo, en plus! Pour des vêtements, ça va, mais sur papier, ça lève le coeur. Malgré tout, j'étais contente qu'elle veuille mon aide. J'ai pris ses deux feuilles froissées et j'ai lu:

Étamine Léger, sinquième anée B
L'ôtonne

L'ôtonne, je chanje d'école. Si j'arrive en maime temps que tou le monde, sa va. Sinon, je doi joué du coudde pour enpaicher les baveux de m'écoeuré.

Si j'avai mes paran, je ne chanjerè pas d'école comme ça, mais mon père est en Jamaike, dans les merres du Sud, il a un bato. Ma mère est en Islande, au norre de l'Atlantike. Elle cherche des jésers, qui son des jets d'eau comme des fontènes et c'est très diffissile à trouver. Cé pour ça qu'elle ne revien pa.

L'ôtonne, pour moi, ce né jamès drolle. Il faut que je m'abitue à ma famille d'akeuil, à ma socieuse, à mon école, à mon proféçeur, auz élèves qui rie de moi. À Noël, j'ai la pais. À Paque, plus personne ne s'okupe de moi. Au grande vacansses, je déménage dans une autre famille et sa recomance.

D'abord, il y avait tant de fautes! Je ne savais pas par où commencer... Je ne voulais pas la vexer.

— Je trouve qu'il y a pas mal de fautes.

— C'est plutôt réussi, non? m'a répondu la grande Étamine, toute contente. La

première rédaction, c'est le moment de lui en mettre plein la vue, au professeur! Après ça, ce n'est pas à moi qu'elle fera épeler le mot «distraction».

Est-ce que j'avais bien compris?

— Tu veux dire que tu le fais exprès? Pourquoi?

— Les chiffres, je ne peux pas m'en empêcher, ça sort tout seul. Mais je veux être tranquille pour le reste, par exemple!

— Et tes parents? Ils savent que tu fais semblant d'être mauvaise en français?

Étamine s'est gratté le crâne, puis le nez.

— Mes parents, je ne sais pas où ils sont. J'invente ça parce que c'est plus joli à raconter que la vérité. Toi, tu as tes parents?

— Tu as vu ma mère. Mon père est mort dans un accident d'auto quand j'étais bébé, et j'ai deux soeurs.

— Des grandes ou des petites?

— Des petites. Elles sont jumelles.

Vers dix-sept heures trente, ma mère nous a appelées pour le souper. Étamine n'avait pas fini de nous surprendre. Elle a refusé de se laver les mains, sous prétexte qu'elle était allergique à l'eau.

— Allergique à l'eau? s'est étonnée maman. Comment bois-tu?

— Avec des comprimés spéciaux.

— Et comment te laves-tu?

— Le moins souvent possible. Ça me donne des plaques rouges.

— Mais quand tu veux pleurer, comment fais-tu? me suis-je inquiétée.

Même là, Étamine a eu le dernier mot. Elle m'a regardée dans les yeux avec son seul oeil droit et elle a répondu, très à l'aise:

— Je ne pleure jamais. Je me retiens. Si je pleurais, je serais empoisonnée par mes propres larmes et je mourrais étouffée, comme les gens qui sont allergiques aux ananas ou à la moutarde.

Ça, c'était trop fort! J'étais sûre que maman ne laisserait pas passer un aussi gros mensonge! Mais elle a seulement souri et elle a permis à Étamine de ne pas se laver les mains, «pour des raisons de vie ou de mort».

Et dans la salle de bains, quand j'ai jeté un oeil au miroir en me savonnant les mains, j'ai vu mon nez tout chiffonné. Moi aussi!

Chapitre IV

Parfois, les bébés
ont les yeux croches...

Finalement, M. Gagnon est arrivé vers dix-neuf heures. Ce n'est pas le père d'accueil d'Étamine, c'est son oncle. Son oncle véritable. Il s'appelle Denis.

Avant, il ne savait pas qu'il avait une nièce. Il était en Arizona, aux États-Unis. Lorsqu'il est revenu, il a reçu une lettre des Affaires sociales concernant le cas d'Étamine, sa nièce orpheline, la fille de sa soeur qui était morte il y a plusieurs années.

Il a raconté tout ça à ma mère, avant de repartir avec Étamine, qui a pu engloutir trois petits gâteaux au chocolat pendant ce temps.

C'était un homme assez jeune, avec de petites lunettes sur le bout du nez. Il semblait gentil, mais il avait un drôle de sourire en parlant de sa nièce. Un sourire semblable à celui de maman, le jour où je me suis perdue dans le centre commercial.

Il ne connaissait pas grand-chose aux

enfants, ça se voyait. Il parlait d'Étamine comme si elle n'avait pas été là! Pourtant, je ne crois pas que ça la dérangeait: elle en profitait pour manger des gâteaux.

Donc, ses parents, elle devait bien savoir où ils étaient, puisqu'ils étaient morts. Pourquoi est-ce qu'elle prétendait ne pas savoir où ils se trouvaient? À quoi ça rimait, ses histoires de voyages à l'autre bout de la terre? Elle frimait. Mais pourquoi?

En partant, l'oncle Denis a dit à maman:

— Je suis content de voir qu'Étamine s'est déjà fait une amie. Elle n'a pas toujours été dans les meilleures conditions pour ça, vous comprenez. Elle a changé continuellement d'école depuis des années. Elle est un peu, euh, un peu... particulière. Enfin... Je ne vous dérangerai pas plus longtemps...

Vous l'avez deviné, n'est-ce pas? Eh oui, il avait le nez chiffonné. Son propre oncle!

En sortant derrière lui, elle s'est retournée, m'a regardée et m'a fait une grosse grimace en pointant ses deux pouces vers le bas. Tu parles d'une amie! Et moi, je lui ai fait les yeux croches! Je sais que ce n'est pas gentil, mais zut, à la fin!

Étamine Léger est venue chez moi, après l'école, pendant une semaine. Et la même histoire s'est répétée: elle avait raté l'autobus, ma mère appelait son oncle, elle soupait avec nous et ne se lavait jamais les mains avant de passer à table. Pour ne rien dire du reste: elle avait les cheveux si gras que des petites mousses y restaient collées.

Par contre, elle était vraiment très forte en maths et elle les expliquait bien en plus. À la fin de la semaine, je me débrouillais enfin avec les opérations à deux décimales, non seulement les additions, les soustractions aussi.

Une autre matière qu'elle aimait bien était la géographie, parce que ça lui permettait de raconter que ses parents faisaient le tour du monde. Ce n'était pas vrai, en tout cas pas pour sa mère, mais je n'osais pas trop le lui faire remarquer.

Pour le français, elle ne voulait rien savoir. Elle accumulait les fautes comme si elle en avait fait une collection.

Maintenant, elle ne se cachait plus pour rater l'autobus, elle traversait directement chez moi après l'école. Son oncle Denis, lui, qui devait venir la chercher chaque soir, trouvait ça moins drôle:

— Enfin, Étamine, tu ne vas pas toujours t'inviter chez Mme Pinault! Tu as ta clé pour entrer à la maison et tu as tes repas au réfrigérateur. Tu n'as qu'à les passer au micro-ondes!

Aussi, le vendredi de cette première semaine, elle m'a annoncé:

— Je ne te dérangerai plus. Lundi, je vais rentrer chez mon oncle toute seule. Après une semaine, les enfants sont habitués à ma tête. Ils ne se moquent pas de moi dans l'autobus. Les premiers jours, je ne le prends jamais. D'habitude, je marche. Mais là, c'était vraiment trop loin.

Elle nous a envoyé la main, à maman et à moi, dans l'auto de son oncle.

— Ce n'est pas une petite fille comme les autres, a dit maman. Elle est bien sympathique, même si elle ne se lave pas.

— Tu y crois à son allergie à l'eau?

— Peut-être que c'est vrai. Il y a toutes sortes d'allergies.

Moi, je n'étais pas sûre. Et est-ce qu'on a les yeux croches parce qu'on a grimacé dans un coup de vent? Parce que pour les grimaces, elle gagnait le championnat, Étamine. Elle avait passé toute sa première semaine de récréations à en faire à tous ceux qui la dévisageaient. Et personne n'insistait ensuite!

— Non, m'a expliqué maman. Personne n'a les yeux croches à cause d'un coup de vent. Tu vois, Laurence, les petits bébés ont les yeux un peu faibles au début. Lorsqu'ils s'habituent à voir des objets autour d'eux, parfois ils se fatiguent vite et leurs yeux ne restent pas droits. On appelle ça loucher. Alors les parents doivent s'en occuper tout de suite. Toi, quand tu étais bébé, tu as louché un peu, d'un seul oeil, comme Étamine.

Moi, loucher! Je ne savais pas ça! Ma mère a sorti une photo de moi, tout petit bébé, et j'ai bien vu qu'elle ne mentait pas: je louchais d'un oeil. Ça m'a fait tout drôle.

— J'ai fait des exercices correcteurs

avec toi. Je fermais ton bon oeil pour obli-
ger ton oeil croche à travailler davantage.
Je lui faisais suivre mon doigt. Et un jour,
à force de ramener ton oeil dans la bonne
direction, tu n'as plus louché.

Dire que j'aurais pu être laide comme
Étamine Léger si ma mère n'avait pas été
là pour s'occuper de moi! Tout le monde
aurait ri de moi à l'école, les professeurs
auraient chiffonné le nez en me parlant et
j'aurais dû faire des grimaces pour me défendre!

46

Et est-ce que j'aurais aimé l'école? Est-ce que j'aurais aimé les livres, est-ce que j'aurais aimé lire avec un oeil croche? Ma vie aurait été bouleversée! J'aurais passé mon temps à me cacher dans les toilettes. J'aurais été pourrie au ballon chasseur, nulle au ballon captif!

— Voyons, Laurence, qu'est-ce que tu as? Tu t'agites beaucoup, tu es toute rouge.

J'ai sauté au cou de ma mère et je l'ai embrassée mille fois. Elle ne comprenait pas trop, mais moi, je sais que j'ai la meilleure mère au monde!

Chapitre V
Une famille
de vingt-quatre enfants

Étamine Léger avait raison: tout le monde a fini par s'habituer à elle, et même assez rapidement. La première journée, on n'a regardé qu'elle. La première semaine, il y en a qui riaient de sa tête ou de son accoutrement, et elle les a vite remis à leur place. Ensuite, Étamine s'est confondue avec le paysage.

Elle ne dérangeait jamais en classe, mais elle n'était pas ordinaire. Elle avait tout le temps des histoires à raconter. De drôles d'histoires: on ne savait pas toujours si elle les inventait ou si c'était vrai. Un jour, par exemple, elle nous a déclaré:

— Moi, j'ai quatorze soeurs et dix frères.

Nous étions en train de faire un dessin de notre famille. Étamine Léger avait rempli sa feuille d'un tas de figures.

— Menteuse! a dit Arnaud. Ça ne se peut pas, une famille de vingt-quatre enfants.

— C'est parce que moi, j'ai eu plus qu'une famille. Et encore, je ne me souviens pas de ceux qui m'ont gardée quand j'étais bébé.

Et elle nous a expliqué son dessin.

— Ici, c'est Corinne, Louis et Josiane, dans ma famille de Québec. Et là, c'est Maxime, dans ma famille de Joliette. Ici, c'est Emmeline et Marianne, qui sont nées en Haïti; c'était ma famille de Brossard. Puis, j'ai déménagé à Laval, chez les parents d'Alexandre et, ensuite, je suis allée à Granby avec Patrick, Truong, Luisa, Sophie, Manu et Théo.

Quelle famille! Et ce n'était pas fini!

— Après, je suis restée à Repentigny, avec Stéphanie et Michaël, puis deux soeurs sont arrivées: Audrey et Marie-Ève, des chipies qui pleuraient tout le temps. Ensuite, je suis allée à Saint-Jérôme avec René, Antoine et Marielle. Puis à Château-guay avec Élise et Jo-Annie, et ensuite à Valleyfield chez Rosalie et Sophie.

— Tu l'as déjà nommée, celle-là!

— Il y en a deux qui portent le même nom, espèce de zig! Dans ma famille, c'est comme ça.

— Et les parents? a demandé Colette

Bélisle, très doucement. Où sont les parents, Étamine?

— Pour les parents, madame, je vais vous faire un deuxième dessin, je n'ai plus de place sur ma feuille.

Étamine a souri. Elle était bien la seule. On regardait tous nos dessins avec deux ou trois ou quatre figures et je n'en connais pas un qui aurait voulu changer de place avec Étamine Léger.

Elle était bizarre, Étamine. Pas méchante, mais bizarre. Tranquille en classe, bonne en maths et en géographie, pas fameuse pour le reste.

À la récré, elle ne jouait jamais au ballon ni aux pogs, mais elle courait plus vite que tout le monde. Et elle était forte pour grimper aux arbres. Cependant, quand les feuilles ont commencé à tomber, elle ne pouvait plus se cacher dans le feuillage. La surveillante l'a vue et lui a défendu de grimper. C'était contre le règlement de l'école.

Un vendredi après-midi, avec la permission de maman, j'ai pris l'autobus avec Étamine pour aller chez elle. Au fond, c'était plus que la permission. L'oncle d'Étamine était passé chez nous la veille pour tout arranger avec ma mère:

— Oui, bien sûr. Je vous comprends et je suis sûre que ça fera plaisir à Laurence.

Les parents savent toujours ce qui nous ferait plaisir, vous avez remarqué? Il n'y avait plus tellement moyen de négocier. Étamine ne semblait pas ravie, elle non plus. Les adultes ont des idées étranges, parfois. Enfin, c'était dit et décidé. Je suis allée visiter Étamine Léger chez elle, c'est-à-dire chez son oncle.

Je n'avais pris l'autobus que pour des excursions de l'école. Je n'avais rien vu! Pendant les excursions, il y a des professeurs et des parents qui accompagnent, tout le monde se tient tranquille. Mais pour rentrer de l'école! Quelle tempête!

Au fond, il y a les grands de sixième, qui se lancent des boulettes de papier, qui crient comme des perdus, qui chantent des chansons à faire dresser les cheveux sur la tête. Les filles font semblant de rien, les plus petits s'assoient tout en avant.

Rosalinde Dupuis-Morissette avait relevé le capuchon de son imperméable pour protéger sa coiffure. Jonathan chahutait avec les autres. J'ai été très déçue. J'ai fait exprès de ne pas regarder en arrière et l'autobus roulait lentement. Lentement. Et il y avait des côtes à monter.

— Eh! Laurence! m'a crié une voix. Montre-nous comment tu perds tes pogs!

Prise à partie personnellement et devant Jonathan, en plus! La situation devenait grave, il fallait réagir sans attendre. Je me suis levée, j'ai regardé la bande de sauvages déchaînés et j'ai crié:

— Le premier qui se moque de moi n'aura plus le droit d'acheter ses bonbons chez nous! Ni ses chips ni ses gâteaux! J'ai une liste noire!

Pendant une seconde, les boulettes de papier ont suspendu leur vol. Puis ils se sont remis à crier de plus belle, mais ils m'ont laissée tranquille. Étamine a sorti une main de sa poche et, sans la lever, m'a fait un signe avec le pouce en l'air.

— Pas mal répondu. Ils ne sont pas toujours comme ça. C'est parce que c'est vendredi.

Pour tout arranger, Étamine Léger était parmi les derniers à descendre. Nous nous sommes retrouvées devant une grande maison en pierres grises, avec un toit rouge, au milieu d'un gazon immense avec des arbres partout.

Sapristi! Je m'attendais à tout, sauf à ça. Étamine portait sa clé en pendentif et elle a ouvert la porte elle-même. Il n'y avait personne chez elle. Elle a allumé. Sur une petite table, il y avait un papier:

Chère Étamine,
Je serai à la maison vers dix-huit heures. Il y a des biscuits sur la table de la cuisine et tu trouveras des jus de fruits au réfrigérateur. J'ai mis ta cassette de La petite princesse *dans le magnétoscope. Comme tu reçois ton amie Laurence, tu as la permission de faire du maïs soufflé au micro-ondes. Soyez sages.*
Oncle Denis
P.-S.: Vérifie le bol d'eau de Ramina.

Vous me croirez si vous voulez, chez Étamine Léger, c'était beau comme dans un château! Beau comme dans les revues de décoration! La table de la salle à manger était en plexiglas, on pouvait se voir dedans tellement elle brillait. Il y avait des tapis partout et une immense porte-fenêtre dans la cuisine. Je n'en revenais pas! Habiter une maison pareille et venir à l'école déguisée en épouvantail à moineaux!

Étamine se dirigeait vers la cuisine, sans même prendre le temps de me faire visiter. On aurait dit qu'elle ne voyait pas tout ça. Elle a semé au passage son manteau de cuirette, son sac, son foulard. Sur un fauteuil se tenait un énorme chat, tout poilu, touffu comme un plumeau, d'une drôle de couleur gris-bleu.

— Mon vingt-cinquième frère, a lancé Étamine en me le montrant de loin. Le chat Ramina, cracheur et snob! Mon oncle appelle ça un persan bleu. Je ne sais pas ce qu'il a fait pour passer à la teinture, mais il l'a sûrement mérité. Viens, Ramina, c'est l'heure de ton eau de robinet, paquet de poils!

Le chat l'a regardée, l'air furieux, et il a crachoté de drôles de bruits en remuant le nez. Même le chat! Étamine l'a imité pour lui répondre.

— Il ne m'aime pas tellement, lui non plus. Je lui vole ses boîtes de sardines pour me faire des sandwichs et je le mets dehors quand il m'embête trop. Mais oncle Denis y tient beaucoup.

Je n'étais pas au bout de mes surprises. Étamine Léger avait la plus belle chambre que j'aie jamais vue. Avec des jeux par-

tout, et une étagère pleine de poupées, et un ordinateur dans un coin sur un grand bureau avec une bibliothèque rien qu'à elle, et des meubles en rotin blanc avec des coussins partout.

Dans sa garde-robe, j'ai vu plein de vêtements à la dernière mode. Pourquoi portait-elle toujours sa vieille jupe bleue et ses souliers percés?

Étamine devenait mystérieuse. Moi, j'aurais une maison comme la sienne, une chambre comme la sienne, des jeux comme les siens, une garde-robe comme la sienne et même un chat comme le sien, je le ferais savoir à tout le monde. Mais elle, non. Je crois qu'elle s'ennuyait de ses vingt-quatre frères et soeurs.

Chapitre VI

Lunettes, épinards
et tour du monde

Je ne lui ai rien demandé. Je me disais qu'elle finirait bien par m'expliquer.

Quand on les regardait de près, les jeux étaient encore tout neufs, comme si on ne les avait jamais touchés. Les poupées sentaient le plastique de l'emballage.

— C'est mon oncle qui a acheté tout ça. Moi, je trouve qu'il va vite en affaires. Et si je déménage l'année prochaine, hein?

— Peut-être qu'il veut te garder.

— Oui, mais moi, je ne le connais pas. Si je veux déménager l'année prochaine, qu'est-ce que je vais faire de tout ça? Je ne pourrai rien prendre. Il n'y a qu'une chose que j'aime, qui est vraiment à moi et qui me suit partout. Regarde.

Sur le mur du fond, au-dessus de son lit, elle avait fixé une grande carte du monde. Du monde entier, les cinq continents, avec tous les pays de toutes sortes de couleurs et tous les océans, bleu turquoise. Et sur

cette carte, elle avait collé des étoiles do-
rées à certains endroits:

— Ici, c'est Sumatra, une île de l'océan
Indien. Et là, c'est Kingston, la capitale de
la Jamaïque, un pays des Antilles. Et ici,
dans l'Atlantique, entre l'Europe et l'Amé-
rique, au nord, c'est l'Islande, une île où il
y a des geysers, des jets d'eau chaude qui
sortent tout seuls de la terre, comme des
fontaines chauffantes.

Pendant qu'elle parlait, ses grands yeux ronds s'ouvraient encore plus grands, son oeil croche crochissait encore un peu plus.

— Là, c'est le Portugal, qui fait face à l'océan Atlantique. Beaucoup d'explorateurs du Nouveau Monde étaient portugais. Et ils sont allés jusqu'au Brésil, où maintenant les gens parlent le portugais aussi. Tu imagines si le Portugal avait été à l'intérieur du continent? Comme la Suisse, par exemple? Pas d'explorateurs portugais et pas de Brésil.

Elle me montrait tous les endroits qu'elle nommait, du bout du doigt, et on aurait pensé qu'elle voyait le monde du haut des airs, sapristi!

— Quand je regarde ma carte du monde, je crois que mes parents pourraient se trouver n'importe où, que la terre est si vaste qu'ils n'ont pas de raison de ne pas être quelque part. Un jour, je partirai les rejoindre.

— Ton oncle a dit à ma mère que tes parents étaient morts.

— Mon oncle, jusqu'à l'année dernière, il ne savait pas que j'existais. Comment pourrait-il savoir ce qui est arrivé à mes parents, hein? Il n'a pas de preuves.

Dans le fond, elle avait peut-être raison. Mais elle parlait déjà d'autre chose:

— Plus tard, je ferai des voyages. Je n'arrêterai jamais de voyager, en train, en auto, en avion, en bateau, à bicyclette et à pied. Je verrai des tas de gens de toutes les couleurs, de toutes les grandeurs, qui parleront toutes les langues. Je prendrai leur photo. J'enverrai des cartes postales à toutes mes familles d'accueil, de partout sur la planète.

Elle m'a montré son carnet d'adresses: il était rempli. Elle envoyait toujours des cartes de Noël à toutes ses familles, depuis qu'elle savait écrire.

— Année après année, famille après famille, ça finit par me coûter cher. À présent, mon oncle dit qu'il va payer et que je n'ai pas besoin d'économiser.

— Tu vois, au fond, il est gentil.

— Ouais, peut-être. Si seulement il n'aimait pas les chats.

Étamine avait aussi un album de photos, avec des souvenirs de toutes ses familles d'accueil. Là-dessus, elle ne faisait pas de frime: elle avait bien eu vingt-quatre frères et soeurs. Des Blancs, deux Jaunes, trois Noirs, un Rouge. Des photos prises l'hiver, l'été, dehors, dedans. Parfois, on la voyait, elle, bébé puis petite fille, puis plus vieille. Elle avait son oeil croche sur toutes les photos.

Elle avait aussi un coffre à bijoux, une sorte de boîte à musique avec une ballerine en tutu qui tournait quand on soulevait le couvercle. Sauf qu'elle n'avait pas de bijoux, elle y conservait seulement une paire de lunettes toutes rondes, à monture dorée. De vraies lunettes, que j'ai voulu essayer, pour rire, mais elle me les a reprises tout de suite:

— Ne joue pas avec ça, c'est fragile, ça peut se briser. Et elles sont fortes. Même à moi, elles me donnent mal à la tête.

Nous avons regardé des cassettes vidéo et mangé toute la boîte de biscuits avant de faire nos devoirs. Son oncle est arrivé; il m'a appelée Laurette.

— C'est Laurence, oncle Denis.

— Je suis désolé.

Il m'a serré la main, comme à une grande personne. Puis, il a inspecté Étamine de la tête aux pieds, en secouant la tête:

— Étamine, pour la millième fois, quand vas-tu te décider à porter tes lunettes?

— Je les porte! Je les mets pour dormir.

Il était gentil, mais vraiment il ne connaissait rien aux enfants. La preuve, il nous a annoncé qu'à table on allait se régaler et il nous a préparé une omelette aux épinards! Le dessert, c'étaient des fruits et du yogourt, et la soupe, un potage aux navets. L'oncle d'Étamine était végétarien.

Pendant ce temps, Ramina se pourléchait dans son bol de viande vitaminée, à saveur de poulet-agneau sauce brune! Étamine le regardait avec des yeux méchants, comme s'il lui avait volé sa propre nourriture. Son oncle ne s'apercevait de rien; il le trouvait bon, son repas.

— J'essaie de faire intervenir ma socieuse, m'a murmuré Étamine tandis qu'on nettoyait la table. C'est plus difficile parce qu'elle dit que maintenant j'ai «réintégré ma vraie famille». Tu parles! Depuis dix ans, je mange de tout, moi! Des fèves au lard et des bananes frites! Du pâté chinois et des rouleaux de printemps! Les légumes, je peux toujours en prendre un peu, mais il ne faut rien exagérer!

Elle a poussé un gros soupir.

— Le plus que j'ai pu obtenir, c'est un petit macaroni au fromage une fois de temps en temps. Et encore, pour le rendre sain et nourrissant, mon oncle le mélange avec une tonne de brocolis!

— Étamine, ça va? a lancé son oncle Denis de l'autre bout de la cuisine. Ne te plains pas encore de la nourriture, il faut que tu manges des choses saines.

— Pourquoi le chat a-t-il droit à de la viande et pas moi?

— Le chat est un animal prédateur. On

ne peut pas aller contre l'instinct. Toi, tu es un être humain, tu peux raisonner.

Étamine a roulé ses yeux sans dire un mot, et là, il s'est produit une chose étrange. Pendant un moment, son oeil croche a cessé de loucher, il a regardé droit devant! Et puis, bing, il est retourné dans son coin tout de suite.

Toute la soirée, nous avons fait un casse-tête de deux cents pièces et nous l'avons terminé. Soudain, l'oncle Denis a sursauté:

— Mon Dieu, comme il est tard! Je n'avais pas vu l'heure!

Étamine m'a fait un clin d'oeil. Son oncle n'était pas habitué aux enfants, mais ça n'avait pas que des mauvais côtés.

Elle m'a reconduite chez moi avec son oncle Denis, en voiture. La nuit était tombée. La soirée avait passé si vite que l'épicerie était fermée.

Maman m'attendait dans la cuisine. L'oncle d'Étamine l'a remerciée mille fois, je me demandais bien pourquoi. Moi, ma soirée n'avait pas été banale: j'avais découvert la carte du monde et la race des chats persans, sans parler de la cuisine végétarienne.

Quand elle est venue m'embrasser dans mon lit, j'ai questionné ma mère:

— Quand papa est mort, es-tu bien sûre qu'il est allé au ciel? Et s'il était quelque part dans les mers du Sud?

Je savais bien qu'au fond, c'est maman qui avait raison. Lorsqu'on meurt, on n'est plus nulle part sur la terre.

Chapitre VII
Un oeil
au beurre noir

À l'école, tout le monde savait que j'étais allée chez Étamine Léger. Mais quand j'ai révélé qu'elle avait un chat des mille et une nuits, une chambre de princesse, des lunettes d'or et des projets de tour du monde, ils m'ont tous ri au nez. Même Jonathan.

— Ça ne se peut pas, a déclaré Arnaud Levasseur. Premièrement, quand on vit dans un château, on se lave!

Étamine ne se lavait pas souvent, ça, c'était vrai. Ce n'est pas qu'elle puait, mais c'est comme si elle avait une couche de poussière collante sur elle, sur son visage, ses mains, ses vêtements. Et elle portait toujours sa jupe et son manteau en cuirette jaune, même quand il s'est mis à faire froid, si froid que la cuirette était toute raide.

Puis, les dernières feuilles mortes ont été ramassées, le branchage des arbres claquait au vent. L'Halloween est arrivée.

C'était la fin de l'automne.

Un matin, tout était gelé! Et en glissant dans la cour de récréation, je me suis fait un oeil au beurre noir.

Au début, je ne m'en suis pas rendu compte. Ça pinçait beaucoup, mais je ne voulais pas faire le bébé, jusqu'à ce que Thao remarque:

— Qu'est-ce que tu as, Laurence? On dirait que tu pleures d'un seul oeil.

Je suis allée vérifier dans le miroir de la salle de bains. Puis la surveillante a voulu m'emmener à l'infirmerie, et j'ai vu Jonathan derrière elle. J'ai fait semblant d'être étourdie et il m'a prise par la taille pour me soutenir.

Ma mère ne pouvait pas quitter son travail, et c'est Jonathan qui m'a reconduite à la maison. Il me serrait le bras. Un oeil au beurre noir, c'est génial!

Finalement, ça m'a donné une journée de congé. Étamine est venue me porter mon sac, que j'avais laissé derrière moi, et mes devoirs à faire. Elle n'allait pas gâcher une si belle occasion de rater l'autobus et le repas de son oncle Denis par-dessus le marché!

Quand ma mère lui a annoncé qu'on

aurait des hamburgers et des frites à manger, elle a sauté de joie. Évidemment, elle ne s'est pas lavé les mains avant de passer à table et, au dessert, elle a dévoré des petits gâteaux.

Elle aussi, elle trouvait ça très beau, un oeil au beurre noir:

— Que c'est beau! C'est super-cool! On dirait un maquillage de guerre, comme chez les Zoulous ou les Apaches. Et tu t'es fait ça comment? En glissant? Chanceuse!

C'était bien le genre de choses qu'Étamine Léger pouvait convoiter: un oeil au beurre noir. Elle a décidé d'en avoir un coûte que coûte. Ma mère n'en revenait pas. Elle lui a expliqué qu'un oeil au beurre noir, c'était une blessure, qu'elle pouvait se faire très mal et que, en plus, elle pouvait abîmer son bon oeil.

— Mon bon oeil? Quel bon oeil? Moi, j'aime bien mes deux yeux. Le jour où mes parents voudront me retrouver, ils auront moins de mal, parce que je ne suis pas pareille aux autres enfants. J'ai un drôle de nom et un oeil qui louche. Ils me reconnaîtront tout de suite.

— Étamine, tes parents sont morts.

C'était son oncle Denis, qui venait d'arriver. Chez moi, c'est un magasin, on ne sonne pas à la porte. Les gens entrent, c'est tout. L'oncle d'Étamine avait l'air très pressé et vraiment pas content du tout d'avoir eu à faire un détour pour sa nièce.

— Tes parents sont morts, a-t-il répété. Et personne ne viendra te chercher, parce que désormais, ton tuteur, c'est moi. Tu as fini de changer de famille, d'école et de ville. Il faudra que tu apprennes à te laver tous les jours. Et cesse de grignoter ces infects petits gâteaux au chocolat. Ce sont des produits chimiques et du sucre raffiné. En plus, tu répands tes miettes partout!

Étamine a serré les lèvres, elle a brossé les miettes sur sa jupe, elle a mis son manteau, sans un mot. J'aurais préféré qu'elle se fâche. J'avais une drôle d'impression, un pressentiment qu'elle ne se laisserait pas faire. Son oncle semblait penaud et triste, tout à coup. Il est sorti rapidement et Étamine s'est tournée vers moi:

— Je changerai d'école si je veux, je mangerai des gâteaux si je veux, je retrouverai mes parents si je veux et j'aurai cet oeil au beurre noir si je veux!

Chapitre VIII
Étamine
fait ce qu'elle veut

Le lendemain, Étamine est arrivée à l'école toute calme et songeuse. Elle a oublié de grimacer dans le dos de Rosalinde et elle a même oublié de faire des fautes dans sa dictée. Colette Bélisle était renversée:

— Étamine, quels progrès! Pas une faute! C'est un déblocage complet!

Moi, j'étais sûre que ça allait bloquer, au contraire.

À la récréation, entre la sortie de la classe et la cour de l'école, Étamine a disparu. Je ne l'ai trouvée nulle part: ni aux toilettes, ni à la bibliothèque, ni dans le hangar à ballons, nulle part.

Je me demandais si je devais en parler à la surveillante, quand j'ai vu le manteau de cuirette jaune, tout en tas, au pied du grand chêne. J'ai levé les yeux. Je n'ai pas vu Étamine sur sa branche habituelle près du tronc et je me suis réjouie trop vite.

Elle était simplement en train de grimper tout en haut de l'arbre, là où les branches sont les plus minces et au moins aussi hautes que le toit de l'école.

Si je voyais bien, elle s'était écorché les mains et avait déchiré sa vilaine jupe bleu marine. Il m'a semblé qu'elle s'accrochait au tronc de ses deux bras et qu'elle tremblait. Mais elle continuait de monter.

Toute l'école s'est ramassée au pied de l'arbre. Il y en a qui criaient: «Vas-y, vas-y!» Et d'autres qui riaient et des petits qui pleuraient, même. Étamine s'est assise sur une branche, très haute, en balançant les jambes et elle a crié de toutes ses forces:

— Oyez! Oyez! Devant tous les élèves de l'école Sainte-Rose, mademoiselle Étamine Léger, de retour d'une tournée dans les cinq continents, va tenter de faire le saut de l'ange, et ce, afin de récolter un magnifique et authentique oeil au beurre noir. De préférence autour de l'oeil, sinon quelque part ailleurs!

La surveillante est arrivée à ce moment-là, au pas de course, en soufflant comme une baleine. Elle ne trouvait pas ça drôle du tout!

— Vitamine Léger! Descends tout de

suite de là! C'est interdit par le règlement de l'école de grimper aux arbres! C'est dangereux! Tu risques ta vie!

Tous les élèves faisaient un cercle autour de l'arbre et de la surveillante. Personne ne parlait. On ne voulait pas avoir l'air de l'encourager, si c'était défendu.

— Excusez-moi, c'est Étamine, mon nom, pas Vitamine.

— Ça m'est égal, ton nom! a crié la surveillante. Descends immédiatement ou tu seras en retenue toute la semaine!

Étamine est devenue complètement rouge et elle s'est agrippée à l'arbre. Peut-être qu'elle avait peur, mais ce n'était pas son genre de montrer sa peur. Elle a préféré se fâcher:

— Flûte, zut et crotte de chat persan! Je l'aime, moi, mon nom! Mes parents m'ont donné ce nom-là pour être sûrs de me retrouver n'importe où dans le monde et, un jour, ils reviendront me chercher. Et je partirai avec eux!

Étamine rougissait de plus en plus.

— On vivra sur un bateau pareil à celui que j'ai vu à la télévision, et mes parents me feront la classe! Et je pourrai manger du poulet frit! Et du chocolat! Et j'aurai les yeux comme je veux! Avec du beurre noir autant que je voudrai! Et je n'aurai plus de tuteur, et plus jamais de socieuse non plus!

Tout le monde se taisait, même la surveillante. Le directeur, monsieur Renaud, est arrivé avec Colette Bélisle sur ses talons.

— Qu'est-ce qui se passe? Est-ce que je vois un élève dans cet arbre? Il ou elle doit redescendre.

— Je suis Étamine Léger ou Légère, comme vous voudrez! lui a crié Étamine. Et je suis si légère que je vais m'envoler dans les airs!

— Je ne sais pas ce qui a pu se produire, monsieur. Je crois que cette petite fille est en crise.

Et la surveillante s'est mise à pleurer à chaudes larmes.

— Elle n'est pas en crise, elle fait ce qu'elle veut.

Ça, c'est moi qui parlais, mais personne ne m'écoutait.

— Je suggère que nous appelions les pompiers ou les pompières, monsieur le directeur, a dit Colette Bélisle.

Pour tout arranger, il s'est mis à pleuvoir, de plus en plus fort, à grosses gouttes.

Étamine tenait le tronc du chêne à pleins bras. Et plus il pleuvait, plus elle était trempée, plus elle était rouge, sûrement à cause de son allergie à l'eau. Je crois qu'elle ne voulait plus sauter.

— La récréation est terminée. Rentrez tous dans vos classes. Et en rangs.

Ils sont tous partis, mais pas en rangs. Plutôt en paquet, comme un gros essaim d'abeilles. Et il pleuvait toujours, de plus en plus fort.

— Rentre avec les autres, Laurence. Nous allons sortir Étamine de là.

— Vous savez, monsieur, si elle reste sous la pluie sans manteau, elle peut en mourir. Elle est allergique à l'eau.

Le directeur a soupiré, il m'a regardée, il a chiffonné le nez, vraiment très fort.

— Si elle avait une allergie, ce serait inscrit à son dossier. Je serais le premier à le savoir.

— Vous ne voyez pas qu'elle rougit? Elle fait des plaques.

— Elle rougit parce qu'elle a froid et qu'elle pleure.

— Elle ne peut pas pleurer, elle est allergique à ses larmes.

— Tout le monde peut pleurer. Il suffit

d'avoir une bonne raison et je crois que ton amie en a quelques-unes.

Je suis retournée à l'abri dans l'école, moi aussi. La pluie était glacée. Mais sur un oeil au beurre noir, ça fait du bien.

Chapitre IX
Étamine a faim

Toute l'école s'était rassemblée près des fenêtres qui donnent sur la cour, et même les professeurs y étaient.

Le camion de pompiers est arrivé. Ils ont sorti la grande échelle et Étamine est redescendue dans les bras d'un pompier, un vrai, tout habillé en pompier comme pour éteindre un incendie, ce qui n'était vraiment pas le cas. Il pleuvait des tonnes d'eau. Il y avait une ambulance avec la sirène, deux infirmiers et un photographe du journal.

Ils ont enroulé Étamine dans des couvertures et ils sont rentrés à toute vitesse: la surveillante, Colette Bélisle et le directeur, trempés jusqu'aux os, les pompiers en imperméable, les ambulanciers avec leur civière. Le flash du photographe brillait sous l'averse. L'oncle d'Étamine est arrivé trop tard, alors que tout était fini.

Nous avons fait de la lecture et du dessin tout l'après-midi.

À la fin de la journée, j'ai repris un truc d'Étamine: je me suis cachée dans les toilettes et, quand les corridors ont été vides, je me suis faufilée jusqu'au bureau du directeur. La porte était fermée, évidemment, mais le vasistas était ouvert. Ça parlait et ça parlait, toutes sortes de voix emmêlées. Ça bardait ferme!

— C'est scandaleux! Voilà une enfant très perturbée, à tendance caractérielle, asociale et renfermée, complètement laissée à elle-même! Pas étonnant qu'elle ne tienne pas compte du règlement de l'école!

— Sans parler de l'exemple déplorable pour ses camarades, a déclaré le directeur. Mais je crois que cet épisode est attribuable à une adaptation difficile à un nouveau milieu scolaire et qu'avec quelques séances chez un ou une psychologue...

— Je crois surtout qu'elle a besoin qu'on la laisse tranquille et qu'on lui permette de ressembler aux autres élèves, a dit Colette Bélisle. En fait, il faudrait qu'elle prenne l'habitude de se laver plus souvent et de porter d'autres vêtements.

L'oncle Denis semblait être dans tous ses états:

— Mais je lui achète d'autres vêtements! Je veux qu'elle se lave! Je fais tout pour elle. Ce n'est pas facile! Moi, je ne savais pas que ma sœur avait eu un enfant. J'étais à l'étranger. Elle et son mari sont morts depuis des années. Ça a été un choc! Je suis ingénieur en climatisation, pas technicien de garderie.

— Elle est révoltée, c'est évident. On ne fait pas un tel geste sans avoir de raisons profondes.

Là, toutes les voix se sont mises de la

partie en même temps. Il n'y avait qu'une voix que je n'entendais pas, et pourtant, elle devait bien être là.

Tout à coup, la porte s'est entrebâillée, tout doucement, et Étamine est sortie, sur la pointe des pieds, pendant que la tempête continuait. Elle avait les cheveux secs. Et brillants, pour une fois. Elle était enveloppée dans une couverture de laine. Elle m'a souri.

— Moi, tout ce que je voulais, c'était me faire un oeil au beurre noir parce que je trouve ça joli.

Elle m'a fait signe de me taire et nous sommes parties. Elle avait perdu son manteau et un soulier. Une chance que nous n'avions que la rue à traverser pour arriver chez moi.

Elle est allée droit au comptoir des produits laitiers, elle a débouché un litre de lait, elle a pris le premier gâteau qui lui est tombé sous la main. Elle a tout dévoré en silence tandis que ma mère lui peignait les cheveux. Ils étaient devenus soyeux, tout propres, lavés par la pluie. Puis elle a mangé un plein sac de chips et des réglisses.

Lorsqu'elle a eu fini, elle s'est essuyé la bouche et les mains et elle a dit:

— On ne fait pas toujours ce qu'on veut dans la vie. Mes parents sont morts tous les deux quand j'étais un bébé. Ils ne reviendront jamais. Au fond, je le sais depuis longtemps.

Ses rougeurs étaient disparues, elle avait même les joues roses. Je crois que son allergie était guérie, parce qu'elle pleurait.

Chapitre X
Une autre rentrée des classes

La semaine suivante, on pouvait voir une photo d'Étamine en première page du journal avec un gros titre: RESCAPÉE COMME UN CHAT SOUS L'AVERSE.

Comparé à l'automne, le reste de l'année scolaire a glissé comme sur du velours. Étamine a fait de moins en moins de fautes dans ses dictées. À Noël, elle se lavait. À Pâques, elle a commencé à porter ses lunettes. Il n'y a qu'une chose sur laquelle elle demeurait intraitable:

— Les épinards, le navet, le brocoli, JAMAIS!

Sa socieuse est finalement intervenue et l'oncle Denis a consenti à lui cuisiner des plats à la viande et des desserts au chocolat. En retour, Étamine a accepté de prendre un yogourt et un grand verre de jus de légumes chaque jour.

J'ai passé l'été à me baigner avec Étamine Léger, qui ne détestait plus l'eau du tout.

Un beau matin, je me suis levée et j'ai regardé par ma fenêtre. La cour de l'école était presque vide: c'était le premier jour de ma sixième année et je n'étais pas en retard. Je me suis quand même dépêchée, parce qu'Étamine m'attendait déjà, près du chêne.

Elle portait un jeans rose, un chandail noir et ses cheveux avaient poussé. Elle s'était fait des nattes avec des barrettes fluo. Elle portait ses lunettes d'or, et c'était presque aussi beau qu'un oeil au beurre noir.

Mais la vraie nouveauté, c'est que cet automne-là, elle ne changeait pas d'école.

Table des matières

Achevé d'imprimer
sur les presses de Litho Acme inc.